상냥한 시론詩論

강영은

1956년 제주 서귀포에서 태어나 제주교육대학, 한국방송통신대학교 국어국문학과
를 졸업하고 동국대학교 대학원 문예창작학과 석사과정 중이다. 2000년 『미네르
바』로 등단하여, 시예술상 우수 작품상(2006년), 한국시문학상(2012년), 한국문협
작가상(2016년)을 수상했다. 아르코문학 창작기금(2014년)을 수혜, 세종 우수도서
(2015년)에 선정되었다. 시집으로는 『녹색비단구렁이』 『최초의 그늘』 『풀등, 바다의
등』 『마고의 항아리』 외 공동 기행시집 『티베트의 초승달』 『밍글라마, 미얀마』, 12인
영역시집 『Faces of the Festival』이 있다. kiroro1956@hanmail.net

황금알 시인선 174

상냥한 시론詩論

초판발행일 | 2018년 7월 27일

지은이 | 강영은
펴낸곳 | 도서출판 황금알
펴낸이 | 金永馥
선정위원 | 김영승 · 마종기 · 유안진 · 이수익
주간 | 김영탁
편집실장 | 조경숙
표지디자인 | 칼라박스
주소 | 03088 서울시 종로구 이화장2길 29-3, 104호(동숭동)
전화 | 02)2275-9171
팩스 | 02)2275-9172
이메일 | tibet21@hanmail.net
홈페이지 | http://goldegg21.com
출판등록 | 2003년 03월 26일(제300-2003-230호)

값은 뒤표지에 있습니다.

ISBN 979-11-89205-05-8-03810

*이 시집은 한국출판문화산업진흥원 2018년 우수출판콘텐츠 제작 지원 사업
  선정작입니다.
*이 도서의 국립중앙도서관 출판예정도서목록(CIP)은 서지정보유통지원시스템
  홈페이지(http://seoji.nl.go.kr)와 국가자료공동목록시스템(http://www.nl.
  go.kr/kolisnet)에서 이용하실 수 있습니다. (CIP제어번호 : CIP2018020655)

상냥한 시론詩論

강영은 시집

황금알

| 시인의 말 |

반은 당신에게 주고 반은 나에게 준다.

혀를 굴리기엔 먼 맛,

숨어 우는 새에게도,

이목구비가 오독한 열매의 허허실실虛虛實實이

상냥했으면 좋겠다.

2018년 6월

강영은

차 례

1부

3부

4부

1부

투케tuche*에 대한 소고小考

바나나를 입에 물고
계단을 오른다
계단을 오르는 건 몸에 좋지
등이 꼿꼿하게 펴지거든
헤엄쳐온 생각을
혀로 핥는데
입속으로 사라지는
아, 바나나
긴장도 희열도 없는
바나나를 씹으며
바나나에 닿는다
슬픔 따위와 이별하듯
씹혀주는 바나나
즙액도 씨앗도 없는
열매의 거만함을 생각하다가
종족에게서 멀리 떠나온
외로움에 닿는다
갓 태어난 무덤 같은
아, 바나나

철학자처럼

게걸스러운 날들과 헤어진

바나나 껍질은 이빨에 좋다

이빨에 묻은 얼룩을

하얗게 닦아 준다

죽음 뒤엔 무엇이 남는지

말하지 않는 바나나

껍질만 남은

계단을 오른다

우연히 식탁에 놓여 있던

아, 바나나

* 실재와의 만남을 뜻하는 우연

산수국 통신

　길고 좁다란 땅을 가진 옆집에서 길고 좁다란 닭 울음소리가 건너옵니다 길고 좁다란 돌담이 젖습니다 길고 좁다란 돌담을 꽃피우고 싶어졌습니다 길고 좁다란 돌담 속에서 길고 좁다란 뱀을 꺼냈습니다 길고 좁다란 목에게 길고 좁다란 뱀을 먹였습니다 길고 좁다란 목을 가진 닭 울음소리가 그쳤습니다 비 오는 북쪽이 닭 울음소리를 훔쳤겠지요 길고 좁다란 형용사만 그대 곁에 남았겠지요

　비 개어 청보라빛 산수국 한 그루 피었습니다 그대에게 나는 산수국 피는 남쪽이고 싶었습니다

타인들

누구에게나 아프리카는 아프리카가 아니겠지만 아프리카에서 온 사람처럼 어깨를 기대고 싶어 했다 그러는 너는 어깨를 기대었다 너는 언제나 같은 얼굴이었고 따뜻한 벽을 그리워했지만 장작불이 타는 거실은 벽이 되지 못했다 너는 타다 남은 얼굴로 거실을 지나갔다

누구에게나 파프리카는 파프리카가 아니겠지만 파프리카를 고르는 사람처럼 시선을 내려놓고 싶어 했다 그러는 너는 시선을 내려놓았다 너는 언제나 같은 내면이었고 가벼운 포옹을 그리워했지만 한 봉지에 들어 있어도 색깔이 달랐다 빨강, 노랑, 초록, 표정이 다른 너는 비닐봉지 속으로 돌아갔다

아프리카에서 온 파프리카처럼, 타다 만 침묵이 식탁 둘레에 앉아 있다 침묵은 보호받는 것을 원치 않는다

거울의 방향

웃는 입장을 버린 건 아니지만 얼굴을 더듬으면 직박구리가 날아간 하늘과 직박구리를 날려 보낸 저수지가 있다

안색이 변하는 건 아니지만 얼굴을 뒤집으면 물속에 거꾸로 선 나무와 그 나무를 받치고 있는 저수지가 있다

말을 하는 건 아니지만 오목하고 볼록한 얼굴을 맞바꾸면 태양의 불과 달의 물을 보여주는 저수지가 있다

구리와 돌로 네 얼굴을 만들어 줄까, 깊고 우묵한 동굴을 파줄까, 견본을 보여주면 종교 앞에 선 것처럼 조금 불행한 얼굴

듣는 입장을 바란 건 아니지만 파형波形이 반복되는 얼굴을 꺼내면 눈을 깜빡이는 저수지가 있다

웃고 있다고 믿는 눈의 오독에 대해 얼룩은 얼룩진 방향을 갖는다

부지중, 나는 얼굴을 벗어나는 습관에 젖어버렸다 새
들의 비상과 추락에 전념하게 되었다

라섹*

담뱃재 가득 담긴 접시를 들고 무심코 방안으로 들어서다 문득 물에 젖는 마음, 무심無心의 골수骨髓에는 팔뚝만한 잉어가 살아 비늘이 저절로 햇살 밖으로 튀네

무심한 해바라기는 수년째 피지 않고 검은 씨 떠다니는 동공은 수심이 깊어 급히 걸어가는 사람들 등이 무덤 언덕이네

바람꽃 피는 거기가 피안彼岸인가, 물어봐도 태풍의 눈은 기별이 없네

한 곳에 갇혀 살기 원했으나 온다는 사람은 오지 않고 지붕 수리하는 일과 담 허무는 일과 방법이 기록된 문서에 대해서는 더욱 모르니 비문鼻紋에 갇힌 눈썹만 이마에 차네

까마귀 울음소리 벼랑을 긋고 간 뒤 수초처럼 일렁이는 별빛은 멀고 지샌달 뜬 하늘엔 작은 벼랑조차 보이지 않네

우물 안 개구리에게 바다 이야기를 할 수 있는가, 문
지방을 넘지 못한 네가 울면 내가 울고, 네 눈이 울고 난
뒤 첫사랑에 도달한 처녀처럼 문 밖을 나서네

  각막 뚜껑을 여니 가을이어서 어항을 품은 허공이 추
수秋水네

* 굴절 교정 각막 절제술

성체 聖體

빵이라 부를 때 이것은 존재한다

누룩과 불화하는 이것 때문에 상처가 아문다 상처를
길들이는 이것 때문에 말랑말랑하고 부드러운 표정을
지닌다 피와 연합하는 포도주처럼 나의 내면이 뜨거워
진다

커다란 다이아몬드의 흠집처럼 흠집을 깎는 고귀한 감
정을 지니게 된다 수축하거나 팽창하는 감정은 존재의
지척咫尺을 드러낸다

빵이 되기 위한 밀가루처럼 존재에 선행先行하는 존재*

뼈에서 떼어낼 수 없는 이것 때문에 나의 식탁은 밀밭
이다 나의 굶주림은 밀밭 위로 날아오르는 새떼가 된다
이 하늘에서 저 하늘로 날아다니는 조직의 지체가 된다

만일 이것이 밀가루에 국한된 존재라면 쟁반 위에 놓
인 한 잔의 포도주와 한 조각 빵은 식탁이 차려준 한 끼

니 식사에 불과했으리라,

　쟁반 위에 물고기 그림을 그린다 먹고 배부른 까닭을 알지 못하나 손가락 마디에 푸른 하늘이 스민다　물과 불과 공기가 관계한 한 덩어리 우주,

　한 점의 빵 조각을 성스럽게 받든다 이것 때문에 나의 신神이 존재한다

* 에를르 퐁티 「기호들」에서

쇼show

여기 바라보는 눈과 즐기는 눈目이 있습니다

콧등에 공을 얹고 물 위로 솟구칩니다 벌써, 세 바퀴째 도는 공중제비입니다 관람석 위로 삼단 옥타브의 환호작약이 피어납니다

조련사는 얌전히 모자를 벗고 한쪽 무릎을 굽혀 인사합니다

쇼를 한 주인공이라도 되는 듯 오른손을 펴 악단의 단원들에게 반 박자 빠른 박수를 날립니다 정어리를 받아먹은 나에게는 반 박자 늦은 왼쪽을 날립니다

죽은 정어리를 오른쪽, 왼쪽 박자로 나누는 것은 조련사의 권력입니다

훌라후프를 돌리다 말고 나는 천창 밖으로 튀어나가는 꿈을 꿉니다 세상 저편까지 튀어 오르고 싶은 습관이란 무서운 거에요 허공을 길들여 칭찬을 유도하는 죽음처럼,

정어리를 받아 먹는 나나 정어리가 가득 담긴 양동이를 들고 절룩거리며 들어오는 조련사나 쇼를 하는 건 마찬가지

우리는 상대적이며 절대적*인 눈 속에 박혀듭니다

* 베르나르 베르베르의 『상대적이며 절대적인 지식의 백과사전』에서

사랑에 관한 책

구름을 읽으려고 해
구름은 눈자위가 무거워진 나를 위해 대신 울어줄 뿐
새소리를 흉내 내지 않으니까

땅을 읽으려고 해
땅은 침묵하는 내 손에 호미를 쥐어줄 뿐
아무런 요구도 거짓말도 하지 않으니까

바람을 읽으려고 해
바람은 우두커니 서 있는 내 뺨을 어루만지고 돌아갈 뿐
아무런 언질도 소문도 들려주지 않으니까

사랑에 관한 책*은 따분해
옛날에 쓰던 책이잖아

새하얗고 커다란 천으로 전신을 감싼
유령과 산책하는 대신
너를 읽으려고 해
낡아서 너덜거리는 페이지에 대해

투덜거려도 괜찮아

들리는 목소리보다
들리지 않는 목소리가 달콤하니까

* 이탈리아 가수 주케로의 노래 제목

우리는 언제나

너와 나의 표정에서 유리가 만들어진다
너와 나는 유리로 만든 컵을 던지려 한다
표정이 깨어지는 소리를 들으려 한다

너와 나의 감정에서 거미줄이 나온다
너와 나는 거미줄로 묶을 수 없는 종소리를 가지려 한다
감정이 흩어지는 소리를 모으려 한다

오늘은 뜻밖에, 눈이 내린다
몰아치는 눈보라를 잊은 것처럼
후후 입김을 불던 입술과 벙어리장갑을 생각한다

말없이 걷기만 해도 좋았던 말들
수식어가 필요 없던 말들이 분명 있었지,

너와 나는 죽음을 선고받은 말들의 육체처럼
벙어리가 되려 한다
다른 생각이 발화한 것은 훗날의 일
너와 나는 숫눈 위를 걸어간 발자국이 되려 한다

다시 쓰는 문장의 접속사가 되려 한다

그것이 불씨라는 것을 안 것은
불씨가 소멸된 후여서 한순간을 끌어안은 말ᆖ은
숯불처럼 발갛다

우리는 언제나 같은 질문을 던진다
장작더미와 요람은 어떻게 다른가,
잿더미에서 다시 태어나는 말ᆖ의 나이는 몇 살인가,

눈물병瓶

고대 이스라엘에는 눈물을 받아주는 병瓶이 있었다
짐승의 가죽으로 만든 병이었다
울 일이 있으면 꼭 챙겨야 했고
간직한 사람이 죽으면 함께 묻었다는 그 병이
발굴됐다는 소식은 전해지지 않지만
손수건으로, 부의금으로 진화했다는 가담항설이
있는 것을 보면
눈에서 병으로 주소지를 옮긴 눈물은
사물이거나 자본이었는지 모른다
눈물이 병에 담길 때마다 어떻게 다른 삶을 살았는지
눈물의 평생을 연구한 학자도
눈물의 색깔로 마음을 물들인 염색가도
눈물에 비치는 무늬를 짜 넣은 직공도 아니었지만
흘린 눈물을 모아 소중히 보관했던 나는
축축이 젖은 가죽 속에서 죽은 자의 눈물을 꺼내들거나
짐승의 울음소리를 듣기도 했던 것인데
눈물은 지상의 모든 입을 얼어붙게 만드는
최고의 창검
어떤 욕보다 더 공격적인 무기여서

저수지에 넘쳤던 나의 슬픔은 둑을 쌓자는 말에
쉽사리 항복할 수 없었다
언제부턴가 눈가가 쪼글쪼글해졌다
인공 누액을 넣어 봐도 눈물샘이 터지지 않는다
눈물을 모을 수도 슬픔을 담을 수도 없어졌다
당신을 향해 눈짓하던 세상이 소실된 걸까
눈이 눈을 바라볼 때면
한 마리 죽은 짐승, 부장품이 될 눈물병瓶이
마른 가죽으로 붙어 있을 뿐

기린 여인

목이 길수록 미인이라 생각하는 빠다웅족 여인들은
놋쇠로 된 고리를 목에 건다
결혼 적령기에 다다르면 25개의 고리가
25센치미터의 목으로 둔갑하기도 한다는데
사형수의 목에 밧줄을 매듯 고리를 걸었다고
미인이 되는 것은 아니지만
40센치미터의 높이에 얼굴을 올려놓은 여인의
목이 전설처럼 존재 한다
모가지만 붙어 있으면 산목숨이라고,
올라갈 수도 내려갈 수도 없는 위치에
쇠고리를 거는 여인들,
맹수 같은 사내에게 한번 쯤 물려 죽고 싶은
목의 감정을 숨겨왔던 그것은
목줄을 쥐는 사물이 된다
아무런 감정도 일말의 표정도 없는 사물의 힘으로
나는 내 목을 치장해왔다
족쇄 밖으로 빠져나온 당신의 목덜미는 안전합니까
관광객이 들락거리는 문전에 앉아 광이 날 때까지
고리를 닦는 기린 여인*들의 무심한 눈동자가

목의 위치를 더듬을 때
쇄골과 갈비뼈를 드러낸 감정은 바닥을 향해 떨어진다
여자라는 고리를 빼는 순간,
빛나는 감정을 지탱해줄 목줄이 없어 휘청거리는
나는 울음을 숨긴 동물이 된다

* 서양 사람들은 빠다웅 족 여인들은 기린 여인이라고 부른다.

싱잉 볼singing bowl

놋그릇을 때려 울음소리를 키운다 때릴 때의 감정으로 노래의 표정을 만든다

그게 뭐니? 동그라미를 그리다 반원만 그린 아이처럼, 빨갛게 상기된 얼굴이 타멜의 날짐승을 날려 보낸다

날짐승의 울음엔 발톱이 숨겨져 있다 산울림에 박히는 발톱 소리

울림은 더 큰 울림으로 끝나지만 높이를 숭배해 온 날개가 파닥인다 돌아오지 않는 화살촉처럼 울음의 테두리가 넓어진다

내가 우는 건 슬퍼서 우는 것이 아니다 우니까 슬픈 것이다

울음인지 노래인지 분별 못 하는 허공의 따귀를 올려 붙여 노래의 표정을 다시 만든다

슬퍼지면 노래를 불러, 부르다 보면 허공이 사라지거든,

놋그릇을 때려 울음소리를 키운다 울음 속을 걷는 너의 전생全生이 노래에 도달한 큰부리까마귀처럼 소리가 맑다

음정도 박자도 버린 채 히말라야를 넘는 슬픈 그릇, 너를 생각하면 아픈 귀에도 방향이 생긴다

모란의 한낮

염증에 염증 난 피부에 꽃물이 번진다 자꾸만 돋아나는 열꽃을 쓰다듬지 못한 이마에선 폭죽 터지는 소리가 난다

소나무의 하복부가 가려운 건 염증과 무관한 일이지만 꽃물 든 치마에서 나는 송진 냄새, 가시 돋친 그늘과 타협하지 못한 나는 기침할 곳이 필요해진다

어제는 시들어가는 가슴에서 모양과 빛깔이 붉은 기침이 터졌다 세상과 화해하지 못한 기침은 맛이 거칠다

코와 입을 막고 걸어가는 다리 같은 건 버린 지 오래, 이렇게 오래, 무릎 사이 검은 물이 새어나오는 바위 소식에 접한다

이제 나는 병든 몸을 사랑해야 한다,

양푼에 각종 나물을 비벼 넣고 배부른지 모르는 한낮을 우겨 넣는 동안 몇 개의 태양이 떴는지 몸속을 염탐한다

토혈하는 꽃은 몸속에만 있는 것이 아니다 근원을 알
수 없는 염증炎症처럼 지구의 이마에 피는 꽃구름, 만열滿
悅에 빠진 5월이 검다

흙비가 개고 나는 나에게 주의보를 발령한다 모자나
안경으로 얼굴을 가릴 것, 외출하지 말 것, 가급적이면
죽을 것, 시들어가는 이마 위로 자외선이 쏟아진다

비로소 나는 모란에 이르렀다

병든 오월이 "굳이 꽃 이름을 말하지 아니하고 바로
꽃이라고 한다"* 어디선가 구리 냄새가 풍겨온다

* 구양수의 「낙양모란기洛陽牡丹記」 중에서

35

몰입의 기술

깊이 모를 물보다 깊이 모를 마음이 두려운 당신과 내가 장흥에서 배 타고 성산포 가네

장흥에서 성산포로 맨 먼저 달려가는 건 뱃고동 소리겠지만 뱃고동 소리보다 먼저 달려가는 건 물결이겠지만

물결 소리보다 귀가 빠르게 달려가네 귀가 가벼운 당신과 내가 물결을 밀고 가네 일출은 먼데, 일출은 먼데 낙담하는 물결이 배를 밀고 가네

물결에 밀리는 건 당신과 나 뿐인데 모르고 한 맹세는, 쉽게 한 약속은 방향을 바꾸지 않네 입장을 바꾼 당신과 내가 세상의 모든 바다에 닿네

잇몸으로 핥는 파도의 말씀이 순해지네 옛날에, 옛날에 흘러들었던 항구, 도무지 헤어질 수 없는 항구

물결소리를 담은 귀가 항구를 낳네 물결에 몰입해온

바다가 낯을 바꾸네

　장흥에서 성산포 사이 바다뿐인데 바다가 처음으로 항
구를 바라보네 오대양 육대주를 돌아온 얼굴이네

데드 존*

　당신의 여름을 폐간합니다 수습이 필요하면 봄은 남겨
두기로 하죠,

　제주행 비행기를 탄 날, 폭설을 만났네 스팸메일처럼
한 방향으로 몰아치는 눈보라, 내릴 수도 돌아갈 수도
없는 기내機內에서 탑승할 수 없는 메일을 읽은 마음이
쓰러진 울타리네

　가을이 오기 전에 여름이 사라질지 모릅니다, 들리는
건 다만 그 얘기뿐인데 축생을 가두어 기르는 울타리는
높은 지위에 오르고 지상의 내릴 곳은 보이지 않네

　온실 속의 꽃들은 어떡하나, 이미 청탁한 봄을 철회해
야 하나, 몇 권의 봄을 궁리해온 사람들은 하느님을 외
치네

　난분분한 혓바닥만으로 미쳐 날뛰는 바람과 함부로 돌
아다니는 눈의 속살을 설명할 길이 없네 잔치를 향한 신
탁의 기도는 멀고 눈에 갇힌 시간을 논의할 지면은 보이

지 않네

  멀고 먼 아마존, 섬광이 번쩍이는 밀림에선 폐간되는
나무들로 죽은 언어가 쌓인다는데 나무가 떨군 활자며
문장을 어떤 눈眼이 먼저 수록했나

  꽃과 동시에 열매를 맺는 나무의 모양을 원하면서도
도끼날이 박힌 나무의 실상을 몰랐던 눈의 오독이 비행
기 날개처럼 벌목지대로 돌아가네

  지상의 어떤 나무에게도 목숨 내건 봄이 있었네 봄이
라는 혁신호가 있었네

  마른 수피에 새 살이 돋는 것이 혁신이라면 그대여,
정치도 역사도 어떤 학문도 구태의연한 페이지는 폐하
는 것이 옳지 않겠나

  그대에게 보낸 봄을 철회하네 눈 덮인 모든 지경을 첫
페이지로 삼아주시게 아직 싹 트지 않은 봄의 순결한 발

자국를 찾아주시게

　무성한 나무 그늘이 이파리를 다 떨군다 해도 나는 브
라질호두나무 아래서 책을 읽고 있겠네

* 아무런 일이 일어나지 않는 장소나 그런 시기

2부

촛불학 개론

너는 내가 보았던 별빛을 어둠의 조각으로 기술한다

강물 위에 떠가는 종이배를, 광장을 덮은 함박눈을 어둠의 이면으로 표기한다

너의 처음은 볕들지 않는 흑막이거나 죽은 시간을 위한 검은 리본

어둠의 둘레, 어둠의 부피, 어둠의 길이를 지닌 내 안의 죽음과는 다른 바깥이어서

네가 지닌 주먹, 주먹 속에 고인 한 줌의 빛 때문에 나는 너의 진화를 예측한다

너는 짐승의 우리를 밝힌다 갓 태어난 송아지울음을 길들인다

성곽의 높이와 담벼락의 깊이를 잰다 성곽에 남겨진 발자국 소리를 지우거나 착지의 바닥을 높일 수도 있을 것이다

산 위에 있는 동네가 환해진다면 뛰어내릴 일이 뭐 있겠니, 너는 때때로 심장이 있는 것처럼 질문한다

흘러내리는 그림자를 벽에 던지는 나의 목숨, 나의 긍지를 읽으려 한다

내 입술이 촛농이 될 때 나는 심장이 지닌 슬픔을 촛대에 세운다 촛대가 보여주는 방식으로 최대한 너를 새로이 쓴다

너는 내가 보았던 들불을, 작은 불씨에서 번지는 들불의 내력을 시위를 떠난 화살로 기술한다

무명 심지에 불을 댕기는 화살, 바람 앞에 선 너의 속도가 빨라진다

장미의 이름*

당신의 총구에서 장미가 피어나네 당신이 이름 붙인
장미를 위해 장미가 피어나네 줄기에 매달린 잎사귀만
보면 줄장민지 사철장민지 구별할 수 없네

담장을 버린 장미가 담장을 넘네 이름을 버린 장미가
경계를 넘네 가시철조망을 넘은 장미를 보면 아군인지
적군인지 분별할 수 없네

이름 따위엔 관심 없는 국경선처럼 당신도 한때 붉게
피는 순수를 사랑했잖아, 누구보다 장미를 사랑했잖아,
아무리 외쳐도 당신은 장미를 모르는 얼굴

당신은 당신이 만든 장미만을 고집하네

내면의 어떤 장미가 두 손에 피를 묻히고 검은 복면을
두르게 했나 눈구멍이 파인 장미들, 눈구멍을 파는 장미
들

색깔이 다른 장미의 내부에서 전쟁이 시작되네 색깔이

같은 장미의 외부에선 붉은 꽃잎이 흩날리네 이제 우리
에게 남은 것은 영락한 이름뿐*

　장미는 당신을 파괴하지도 구원하지도 않는데 가시가
피워 올린 신神의 이름이 피를 흘리네 모가지를 떨군 장
미의 이름은 차마 말할 수 없네

* 움베르토 에코의 소설 제목
** 장미의 이름 중에서

아일란 쿠르디*

갓 태어난 무덤처럼 너는 해변에 웅크려 있었다
빨간 윗도리와 반바지를 입은 몸의 안부는 싸늘했다
그림자 없는 물결이 젖무덤을 물려 줬다
너는 밀려드는 물결을 빨고 빨았다
감색 운동화는 금방이라도 걸어갈 듯 찰랑거렸다
때 묻지 않은 바닥을 보여주는 비애의 형태가
너무 가지런해
바라보는 우리는 발걸음을 떼지 못했다
슬픔에도 중력이 있다고, 물결은 물결 밖으로
슬픔을 실어 날랐다
너는 더 이상 울지 않았다
처음 이 세상에 왔던 모습으로, 그때 그 자세로
돌아가고 있었을 뿐
아가야, 뜬눈으로 보았던 세상을 용서 하렴,
지구의 속의 지구처럼, 창과 방패처럼
울 수 없는 난민들이 울 곳을 찾아
나에게까지 왔다

* IS가 점령한 코바나를 떠나 그리스의 코스섬으로 향하던 쿠르디 가족은 5
 살 형과 엄마도 숨지고 아버지 압둘라만 남았다. 3살의 아일란 쿠르디는
 터키 바닷가에서 엎드려 숨진 채 발견되었다.

가벼운 지구

에버랜드 매표소 앞

아이를 놓쳐버린 풍선이 허공으로 빨려든다

아이의 손금이 파르르 떨린다

보일 듯 말듯 지구가 흔들린다

바벨

 태초에 이 세상은 하나로 연결된 허리띠였지 높낮이가
없는 지평선은 독립적이고 서열이 없었지 오르막 없는
길이 지루해진 사람들이 한 벌판에 이르렀단다 "자 벽돌
을 구워 하늘 꼭대기까지 닿는 탑을 세우고 우리의 이름
을 만천하에 날리자 신의 이름으로 세상을 정복하자"*
그들은 수직의 탑을 세우고 기다랗게 펼쳐진 허리띠를
탑 안에 구겨 넣었지 달리던 말은 사지가 절단 나고 소
리치는 말은 재갈이 물려졌지 비명은 크고 순한 눈망울
속에 들어가 말이 없었지 방목당한 말은 허공 속에 흩어
져 아직까지 돌아오지 않았지 지상 존재하는 모든 생각
이 말발굽처럼 요란한 소리를 내며 무너진 건 그때였단
다 되로 주고 말로 받는 말 폭탄, 입씨름이 난무하는 난
장판을 봐 제 혀를 베어 먹는 말이 보이지? 상처 입은 대
지가 입을 벌린 그때부터 전쟁의 역사가 시작되었다지?
모든 소리를 먹어버린 거대한 침묵, 말을 잃어버린 자의
슬픔이 얼마나 큰지 사막이 되어버린 호수를 상상해 보
렴 시인을 버린 원고지 같지? 모래 폭풍 몰아치는 사막
속에는 검은 말이 뛰노는 벌판이 있단다 복면을 두른 말
의 부글부글 끓는 아가리에서 치솟는 뜨거운 혀, '말해

봐, 네가 믿는 신이 누구야' 입술 속에 숨은 말을 향해 윽박지르는 소리가 여기까지 들리곤 해 쉿! ....거기가 바벨의 입구야

그들은 지금까지 탑을 쌓고 있단다 온 세상이 서로 다른 말을 하고 다른 낱말을 쓰고 있는 지금까지 말야

* 창세기 11장 4절

그물과 종달새

그물에 걸린 종달새를 본 적 있니?

나는, 그 종달새와 그물 앞에 허공을 놓아 주겠다

바람과 햇살이 들락거리며 동아줄이 지닌 감옥을 비워
내리라

내 입술은 그물을 찢은 칼처럼 흐느끼리라

종달새에게는 종달새의 자유를, 나에게는 종달새의 하
늘을 달라

종달새가 모든 노래를 풀어 놓으리라

종달새가 모든 노래를 풀어 놓으리라

호모 하빌리스

나는
나에게 모자를 씌워 줬다
원숭이탈을 쓴 원숭이처럼
잡종처럼
나는 붉은 얼굴을 가진
화장터가 되었다
쿵쿵대는 코는 굴뚝이 되었다
정체 모를 슬픔에선 탄내가 난다
시체 태우는 냄새가 난다
불을 가진 최초의 인간처럼
불을 쓰는 대용품,
나는 방금
담배 피우는 원숭이를 남겼다
담뱃불은 무엇으로 진화할까,
모국어로 말할 수 없는
한 개비가 남았다
불꺼진 출구가 남았다
당신의 출구는 어디 있습니까?*

* 연극 '빨간 피터의 고백'에서

이빨고래

안개에 갇혀 반쯤 몸체를 드러낸 이빨고래는
아가미만 헐떡이고 있었다
꼬리에 새겨진 세월이란 이름만 선명했다
그래, 너 세월
해와 달을 싣고 다니던 아가미를 비틀어
캄캄한 어둠을 토해내는구나
네가 삼킨 것들은 보이지 않는구나
고래 울음이 오대양 육대주 너머
은하수 너머로 퍼져 가는데
울음이 침몰하는 바다는 총체적 난국이어서
등짝에 꽂힐 작살을 두려워할 뿐
뱃속에 가두어진 아수라의 순간을,
소리가 되기 전에 수장되어 버린 비명을
쇳덩어리 몸체를 지닌 고래는 듣지 못하는구나
이목구비를 틀어막은 저, 고래는 누가 끌고 왔나
물결에 반항하는 암초들이냐, 수평선에 동조하는 조류냐
파도에 등 돌린 우리들이냐
시퍼렇게 눈 뜬 우리들도
눈앞에서 침몰하는 세월을 믿지 못 한다

별빛을 띄워 보낸 허공이 반짝인다

(말하지 못할 것 같아 미리 보내 놓는다. 사랑한다. 엄
마)

사랑한다, 사랑한다, 나도 사랑한다,

전하지 못할 메시지를 보내며

물속으로 사라진 고래의 행방을 뒤쫓는다.

돌아오라, 돌아오라, 뿔 고동이 운다

세월호가 기울어졌다 세월이 기울어졌다

여이驪耳

귀는 하늘과 연결된 구멍이다 구멍이 막히면 죽은 귀
다 죽은 귀에는 고통의 감각이 남아 있다

억울한 귀는 사람이 되는 성질을 갖는다 상대의 귀를
종처럼 부려서 자기 신변을 시중들게 한다

다 자란 귀는 유혹하고 길을 막고 겁을 준다 능력이 통
하지 않으면 사라진다

귀에게도 식욕이 있다 먹지 않으면 비쩍 마른 귀가 된
다 무너진 입가에 귀가 출몰하면 귀가 먹먹해진다

귀가 종소리처럼 울릴 때가 있다 좋아하는 말과 싫어
하는 말을 엿듣는 모자장수의 목격담이 길어진다

벌레가 나오지 않을 때에는 참대 대롱을 귀 안에 넣고
힘껏 빨아내면 좋다고 한다 말문이 트이는 이치가 그와
같다

귀가 길어진 대나무 이파리에선 벌레 소리가 난다 '임금님 귀는 당나귀 귀, 임금님 귀는 당나귀 귀'*

왕은 이것을 싫어하여 대를 베어 버리고 산수유를 심게 하였으나* 산수유가 바람에 흔들릴 때마다 당나귀가 튀어나왔다

대나무가 씹어 삼킨 귀는 지금도 존재한다

*『삼국유사』 제2권, 경문왕편 여이설화 중에서

히키코모리고양이

외톨이 고양이도 손톱발톱은 다듬을 것이다 장화 신은
고양이처럼 사람의 말은 할 수 없겠지만 말의 감정은 알
아듣고 말의 표정은 읽을 것이다

쓰레기통은 제대로 훔칠 것이다 수사학적인 구름은 흘
려보내고 생선 뼈다귀를 골라내는 손가락은 지니고 있
을 것이다

열 마리의 물고기를 만날 때마다 열 개의 가시를 품는
건 어려운 일, 무표정을 지닌 다섯 개의 손가락으로 어
제의 골목과 작별하고 나머지 손가락으로 또 다른 내일
과 악수할 것이다

목덜미에 방울 대신 열쇠를 매달 것이다 통조림을 먹
는 대신 하루 종일 현관 입구만 쳐다보며 입이 찢어지게
하품을 하고 잠의 입구를 수시로 들락 것이다 눈물도 찔
끔 흘릴 것이다

히키코모리는 골목에 길들여진 애완고양이, 옥상 난간

에 걸터앉아 다가오기를 망설이는 가로등처럼 나를 노
려보네 얼굴을 보면 할퀼지 몰라, 나는 놀라 달아나네

검은 동공 속에 감추어진 기다란 손가락이 불쑥, 나는
사람을 못 믿네 사람도 나를 못 믿네

말벌의 형식

봄날에는 화장을 하지 말자 훈제 향이 듬뿍 밴 소시지가 된 것처럼 꽃나무 아래 둘러앉아 고기를 굽지 말자

지글지글 냄새가 피어오르는 불판을 앞에 두고 비 맞은 사람처럼 팔을 젓거나 비 오기를 기다리는 사람처럼 우산을 휘두르지 말자

어느 생에선가 쏘아붙였던 말의 벌[罰]처럼 썩은 둥치에 세 들어 있던 말벌이 튀어나온다 꽃나무와 사이가 멀어지면서 풍경을 양도한 벌이 쏟아져 나온다

더 많은 벌을 불러오므로 검정 옷을 좋아하는 우리는 너 죽고 나 죽자, 덤벼드는 꽃빛에 그림자를 걸어두자

눈과 코와 입을 틀어막고 서서히 죽이는 도모지처럼 죽음 직전의 사람을 살려냈던 가장 아름다운 침[鍼]으로 일격을 가하는 것은 그들의 형식

창호지를 바른 격자창처럼 소외된 얼굴을 드려다 보았

을뿐인데 봄의 미간 사이로 무엇인가가 슥 스쳐갔다 퉁퉁 부은 미간 아래 죽어 있는 말벌 한 마리,

　이마에서 턱 끝까지 보이는 것은 모조리 감춘 표정 속에서 간신히 혓바닥을 내놓은 나를 고기 굽던 집게가 골라내었다

　통증 번지는 얼굴을 어떻게 해볼 도리가 없을 때 꽃나무 아래 둘러앉아 고기 굽던 봄날이 지나갔다

곡성哭聲

- 돌이 날아온 것을 본 것도 아니면서 돌에 맞은 거라고 너는 우겼지
돌 속에 몸을 가둔 상처가 한 뼘 더 벌어졌지
나비가 앉은 것을 본 것도 아니면서 들썩이는 어깨가 나비 같다고 너는 웃었지
나비 날개에 매달린 슬픔이 한층 무거워졌지
돌이었다가, 나비였다가, 돌 위에 앉았다 가는 나비였다가,
미심쩍은 노래를 쏟아내는 허공이었다

돌과 나비들을 불러 모으는 밤의 애장터에는 숱 많은
머리칼에 유채꽃 꽂고 히죽히죽 웃는 귀신이 길고 느린
곡조로 운다

사람이 되지 못한 사람들이 산다는 계곡에는 입술뿐인
얼굴이 복숭아나무에 숨은 바람소리처럼 혼자 흐느낀다

냄새의 위치가 흩어지고 풍문風聞의 정수리가 모호해지
는 깊은 밤에는 바위틈에서 기어 나온 뱀 껍질이 새파랗
게 빛나기도 한다

저물 무렵부터 안개가 짙어지고 피 묻은 옆구리에 손
을 넣어보지 못한 빗줄기가 손에 박힌 못 자국을 보고서
도 말이 많아진다

송곳처럼 너를 생각하다가 송곳 따위에 목을 맬 이유
가 없는 고즈넉한 벽처럼 울음소리에 가만히 등을 기대

기도 하는 것인데

　우는 소리가 웃는 소리로 들끓고,

　내가 사는 집에는 빈대떡 부치는 소리가 요란해진다
나라는 섬, 너라는 미끼, 돌아보면 아무도 없는데 돌아
볼 때마다 네가 있다

방심의 취향

한 덩어리 돌이 여자의 목구멍을 틀어막고 있다
열거나 닫을 수 없는 문이 여자의 목을 잠그고 있다

두려워라,
죽음이 목전에 이를 때까지 향기를 토해내던
목구멍이

뚝뚝, 선형線形 흘리며
지는 해처럼, 지는 꽃처럼 여자를 죽이고 있다

두려워라,
주저흔처럼 어딘가 그려져 있을 여자가

가지런히 놓여 있는 담배 한 개비를
뽑아 올렸을 뿐인데
사물 A가 사물 B를 스친 것처럼 만났을 뿐인데

기관지에 방심이 활짝 꽃 핀다

침을 뱉으면
붉은 피로 화답하는 꽃,

모락모락 피어오르는 연기는
죽음을 사물로 여기는 방심의 취향일까
자존을 택한 몸의 기호일까

팥죽처럼 붉은 객혈을 닦을 뿐인
몸과 마음이 이리 멀다

양구楊口

구겨지는 강물, 깎아지른 절벽 지나야 하리
뾰족하게 돋은 가시철망도 지나야 하리
단장의 능선에 걸린 밤의 깊이와 높이도 지나야 하리
금강산 옛길 따라 토끼잠 드는 밤,
백토白土의 밭이랑에 돋은 초승달처럼 그곳에 찾아 들리
아홉 번 물레 잣는 세상살이 보따리에 집어넣고
당초무늬 꽃무늬 새겨 넣는 도공의 두 손만 들고 가리
두타연 맑은 물에 눈물 씻는 나무꾼 되어도 좋으리
반구뫼 물결 실어 나르는 뱃사공이어도 좋으리
한 손엔 붓, 다른 손엔 캔버스를 펼쳐 든 박수근을 만
나면
모국과 모국어를 푸르게 칠해도 좋으리
가난도 황막함도 이 세상의 일, 새들은 새의 길로 가고
바람은 바람의 길로 가는 민간인 통제선 안
마음으로 걷는 길 하나 들여놓아도 되리
칠현리 가마터에 눌러앉아 달항아리 같은
애인 하나 만들어도 되리
아, 나는 나를 다시 구어도 되리
진흙 덩어리 몸은 벗어던지고 하르르 날리는

살구꽃 되어 양구의 봄을 하얗게 물들여도 되리
살구를 살찌게 하는 봄비 오면
마침내, 버드나무 우거진 마을 입구에 당도하리

이상한 연못

잉어 꼬리와 뱀의 네 발을 가진 흰 용이 지상으로 내려 왔네 뱀의 형상을 버린 몸뚱어리는 잉어가 되어 차가운 연못을 제 세상으로 삼았네 비단 같은 비늘이 반짝일 때마다 진흙에 뿌리내린 물꽃이 버짐처럼 번졌네 버드나무는 낭창낭창, 아첨거리는 속성으로 연못을 휘감았네 연못 속 풍경이 휘어질대로 휘어진 파장에 매혹되었네

미풍이 물결을 휘젓는 날이면 크고 아름다운 누각 아래 잉어 떼가 몰려들었네 "당신은 잉어 꼬리를 잡수어요, 저는 원숭이의 입술을 먹을게요."* 뾰족한 입술들이 누각의 그림자를 나눠 먹었네

"오늘은 창포꽃 피는 좋은 날이지만, 다음 날이면 단풍 들어 시들고 만다오"** 예언자의 입술이 연못 주위를 떠돌았지만 안개에 둘러싸인 연못 속에는 잉어의 꼬리들이 파닥였네 파문을 싸고도는 은밀한 놀이, 수건돌리기 놀이가 성행했네

연못가에 암매가 피었네 아래쪽에서 뻗어 올라간 큰

줄기가 눈이 먼 바위틈에 곁가지를 내었네 본가지가 되고 싶은 곁가지는 한 번 더 방향을 꺾어 못가를 희롱했네

향기를 매단 수간의 모양은 언뜻 보기에 삼절三絶의 구도 같았지만 그것은 잉어가 흐려놓은 연못의 구도, 물고기를 잡아 목숨을 연명하는 어부의 눈에는 이해할 수 없는 연못의 풍경 같아서 어부는 화살을 들어 잉어의 눈을 쏘았네

잉어는 피눈물을 흘리며 하늘로 올라갔네 어둠을 관장하는 검은 용을 애타게 불렀지만 햇살 퍼지는 구름 너머엔 어둠이 없었네 흰 용은 하느님에게 읍소했네 "너는 그때 어디에서, 어떤 모습으로 있었느냐" 하느님이 물었네 "저는 그때 찬 연못에서 물고기로 변해 있었습니다" 흰 용이 대답했네 "연못에 있는 물고기는 사람들이 잡으라고 있는 것이니 그 어부에게는 아무 잘못도 없고 오히려 너에게 잘못이 있느니라"

비서를 기록한 오자서는 왕에게 묻네 "지금 모든 것을 버리시고 미천한 백성들과 어울려 술을 마시겠습니까?" 왕은 마시지 않았다고 하네***

파문과 추문이 끊이지 않는 색향처럼 흰 비단자락 스치는 소리, 물결이 물결을 밟고 가는 소리, 의문이 꼬리를 낳는 세상이 연못 속 풍경과 다름없으니 세상을 경계한 유령들에게 수초水草의 세상을 묻네

색향 대제에 가는 일과 미천한 백성과 술 마시는 일 중 어느 것이 더 위험한가,

* 이하의 「대제곡大堤曲」 중의 구절 郎食鯉魚尾 妾食猩猩脣에서
** 이하의 「대제곡大堤曲」 중의 구절 明朝楓樹老에서
*** 『사기史記』 오자서열전伍子胥列傳에서

68

3부

강남역

모음 불화다
빠른 속도로 진입하는 ㅁㅁㅁㅁㅁㅁㅁㅁㅁㅁㅁ다

성대의 진동을 받은 목소리가 목, 입, 코를 거쳐 나오
지만
통로가 좁아지거나 막히는 일은 없다

나는 나끼리, 너는 너끼리.
나란히 혹은 겹쳐진 마음과 몸을 통과한다

ㅁ이 ㅁ을 통과한다
무수한 ㅁ이 바닥으로 내려선다

햇빛의 반사 각도를 헤아리는 유리창처럼
지상과 지하를 들락거리는 자음 불변

강남이 어딘지 모르므로 강남역으로 간다
기역자ㄱ로 꺾을까 아니면 니은자로?

ㄱ을 꺾어 걸어나가면 테헤란로가 있지만 이란은 멀다
ㄴ을 돌아나가면 강남대로가 있지만 강남은 넓다

낮밤 없이 길이 밀리는 ㅁ의 역사 속에서 ㅁ이 되기엔 먼
사물들이 비유 없이 뒹군다

ㅁ 위에 쌓아올린 몇 개의 무덤이 빠져나간다

전생을 다해 바구니를 빠져나가는 하루살이들로
분주한 저녁 문득, 내가 담긴 바구니가 엎질러진다

나의 역사譯捨는 신의 장난감 바구니다

버스의 감정

　시 쓰는 일이 왜 이리 어렵지 하면서 해방촌을 지나갔다 끊어야지 하면서도 손가락을 놓지 못하는 금연구역을 넘어갔다 새와 구름 사이에 놓인 이마를 수그리고 3호 터널을 빠져나갔다 새와 구름 사이에 놓인 터널이 빠져나갔다

　김이 모락모락 나는 돼지 창자는 남대문 시장을 돌았다 옹기종기 엉킨 골목은 되돌아오는 버릇을 되풀이했다 활자가 빠져나간 꽃나무를 스쳤다 유리창에 꽂힌 얼굴이 뭉클했지만 산을 잘못 내려온 멧돼지처럼 남산 타워를 올랐다

　높기도 해라, ㄱㄴㄷ을 ㅏㅑㅓㅕ로 세우는 일,

　발아래 풍경에 매연으로 꽉 찬 만년필을 꽂아 놓고 남산을 한 바퀴 돌고 내려온 나는 푸른 잉크가 무릎까지 흘러내린 국립극장 앞에서 시 쓰는 일이 왜 이리 어렵지 하면서 또 한 번 부르릉거렸다

젤소미나*

젖은 기억은 언제나 오지 않는 기차를 기다리네

비테르보 해안의 작은 마을, 삼류 극장 자막 위에 내리는 비가, 눈 속에 내리는 비가, 빗방울 튀기지 않는 비가, 기차를 기다리네 영화가 끝나도 사람들이 흩어져도 기차는 오지 않네 오지 않는 시간이 빗방울을 굴리네 빗방울 바퀴가 덜거덕 덜거덕 토마토 씨를 심네

가엾은 토마토야. 너의 낡아빠진 북을 잡고 세 번 돌아라. 네 슬픔이 빨갛게 익을 때까지

* 이태리 영화 La Strada(길)의 여주인공

유혹, 혹은 미세먼지

내몽골의 모래바람, 모래에 부식된 짐승의 뿔이 다가 온다 뿔이 자라는 형상은 죽은 짐승이 묻혀 있는 불모지 대,

풀이 무성한 초원이라 믿고 싶지만 느낌이란 언제나 손님을 맞는 주인장의 눈을 닮아서 손님의 눈을 갖지 못한 흉곽의 안쪽이 먼저 어두워진다

먼지의 감정이 초원처럼 빛나던 그때, 내가 사랑한 것은 그대가 아니었다 느낌 속에 갇힌 짐승처럼 내가 나를 유혹한 순간의 미혹이었다

순간을 햇살에 묻는 것이 순간의 힘이라면 구름의 모양을 흡吸한 괴로움이 자라난 것은 구름의 힘이었을까,

흐느낌 속에 돌아선 애인처럼 나는 다만 뿔에 받힐 뿐, 사막을 사랑한 순간 메뚜기 날개로 뒤덮인 서쪽이 흐릿했다

미완성 교향곡

이른 봄밤에 내리는 비는 고양이 발자국에 내린다

이른 봄밤에 내리는 비는 복수초 잎사귀를 적신다

이른 봄밤에 내리는 비는 외딴 집 창문턱에 어린다

이른 봄밤에 내리는 비는 아침이면 가고 없다

밤의 속눈썹에 맺힌 이슬, 손가락 끝에 화음을 가진
당신처럼

여행의 방식

사원의 무덤 같은 쉐 인떼인*을 내려오며 너는 말했다
나는 왜 밤의 휴식처럼 잘 차려진 길을 원했을까, 너의
농담을 저녁에 멈춘 발걸음 정도로 생각했을까

붉은 벽돌의 파편을 끌어안은 뿌리들이 강가에서 노는
아이들 맨발처럼 동동거렸다 흙의 밀도로 꽉 차 있었지
만 저렇게 가엾은 유희를 본적이 없다

네가 무너진다면 나는 이곳의 나무가 되고 싶어, 천개
가 넘는 탑이 무너지는 이유를 너는 웃으며 설명했지만
미끄러운 강둑에서 내 팔을 부축하는 네 말을 듣는 동안

가냘픈 팔다리를 들어 올리는 나무들의 노고는 무릎이
아픈 나와 만나서는 안 될 문장 같았다

쑥밭이 된 사원에서 티가 흔들렸다 티에 매달린 종소
리가 바늘처럼 쏟아졌다 말똥 냄새나는 그 오래된 길을
빠오족 사람들이 소를 몰거나 나무를 지고 지나갔다

시간과 공간을 새로운 환희로 바꾸어 놓은** 다른 온도처럼 석양이 숲을 태우며 지나갔다 저녁에 멈춘 강물이 눈동자에 고여 주름지며 빛났다

포장하지 않은 길처럼 너는 너에게로 나는 나에게로 돌아가야 한다, 그것이 여행의 방식이라는 것을 알았을 때 우리는 이미 밤의 수로에 닿아 있었다

수로가 끝날 때까지 헤어지자는 말도 만나자는 말도 하지 않으리, 우리들의 여행은 공간이 아닌 시간 속에 거처를 정했으므로 두고 온 발가락에 대해 어떤 변명도 하지 않으리

그러한 결론에 도달했을 때 폐허의 유적이 다정하게 말했다 어차피 우리는 헤어지잖니,

* 미얀마 인레 호수 서쪽에 있는 인떼인에 있는 사원
** 다비드 르 브르통 『느리게 걷는 즐거움』에서

안목眼目에 대하여

아라한에서 가져왔다는 불상 5개
내 눈에는 비대칭형의 커다란 금덩어리로 보이는데
번쩍번쩍 빛나는 괴물로만 보이는데
사람들이 달라붙어 금박지를 붙이고 있다
아니, 금을 버리고 있다
내세來世에는 부처로 태어나게 해 달라고
금을 버리는 공덕을 쌓고 있다
월천공덕, 구난공덕, 걸립공덕, 활인공덕, 그중에서도
돈 안 들고 힘 안 드는 마음 공덕을
나는 으뜸으로 치는데
이생利生의 가장 값나가는 보물을
헌신짝처럼 버리는
그들은 이미 황금 부처를 지니고 있는 사람
실상도 증거도 없는 마음이나 나눠주는
나는 부처되긴 그른 사람
부처 보는 안목마저 나를 버렸으니
개금蓋金하지 못할 마음을 지닌
나는 죽어도 부처되지 못할 사람,
눈이 밝으면 색깔에 빠진다*는데

안목이란 내 눈이 닿지 못하는 밀엄 세계일까
버리고 버린 금이 쌓여
새끼손가락만한 부처를 키웠다는
팡도우 사원**
금을 금으로만 보는 안목 앞에 무릎 꿇은
나는 한낱
금덩이가 되고 싶은 돌덩이에 불과한지 몰라,

* 노자의 『도덕경』 12장 검욕편
** 미얀마 인레 호수에 있는 사원

선셋 포인트

쉐산도 파고다 베란다에 앉아 일몰을 기다리네 지는 해가 솟는 해 같아 조금 전보다 환한 낯짝이 되네

산 너머 이글거리는 태양은 들판을 불태우는 불사조, 땅거미에 물든 새가 돌아올 것 같아 걸음을 서두르네

내 발자국이 희미한 핏자국을 읽어 낸다면 천 년 전의 저녁이 되살아날까, 피 묻은 벽돌 속에서 어제를 꺼낸 구름이 폐허를 양각하네

깃털에 담긴 잉크가 계단을 물들일 때 천년이 돌아왔네 완벽한 어스름에 잠겨 있길 좋아하는 개처럼 내 속에 남아 있는 어떤 슬픔이 뭉클했네

땅의 목덜미에서 돋아나는 풀숲이 축축해질 때까지 벽돌을 쌓는 것 외엔 아무것도 할 수 없는 사내, 벽돌을 머리에 이고 가는 일 외엔 아무것도 할 수 없는 계집이 거기 있었네

탑과 사원을 짓는 일이 죽어도 죽지 않는 사랑이라면
'해가 지면 다시 뜨는 그런 사랑은 아냐, 어둠에도 체온
으로 느껴지는 그런 사랑이야'*

벽돌을 만지다 일생이 저문 bagan**의 들판, 해가 지
거나 해가 뜨거나 이름은 아무래도 좋았네 흔하디흔한
들꽃처럼 내가 거기 있었으므로

* 조하문의 노래 〈사랑하는 우리〉에서 빌려 옴.
** 불국토를 꿈꾸던 바간왕조의 수도, 5,000여 곳에 이르는 불탑佛塔 유적
  이 있었으나 2500기만 남아 있다.

블루의 깊이

카비라만* 모래밭에 양각되어 있는
산호초 부스러기로 새겨 놓은 해피데이
앗, 하고 한발 들어올려야 했던
그날의 해피데이!

바위 모퉁이로 달려가는 긴 머리 처녀의
뒤쫓아 달려가는 반바지 청년의 해피데이
이별을 가볍게 실어 나르는
그날의 해피데이!

일곱 가지 물결이 밀려오네
일곱 가지 파랑이 뒤섞이네
흰 모래가 지워지네 검은 바위가 남네

발목이 젖고 무릎이 젖고 배꼽이 젖는
오, 해피데이!

서서히 밝아오는 하늘빛이었다가
빛바랜 하늘 모퉁이였다가

검은빛만 감도는 밤바다에 한 줄기 별빛으로
침몰하네

파랑이 지운 행복한 날은,
행복한 날의 추억은, 이제 검고 깊은
하늘에 있네

* 이시가키섬[石垣島] 북서부에 있는 경승지

평등한 조류潮流

옆자리에 누워 콧노래 부르는 자루비누* 여자
겹겹 파도를 밀고 가네
아침 일찍 속초에 와
누비이불과 플라스틱 바가지를 사 들고 돌아가는 여자
파도치는 국경을 밀고 가네
가슴보다 높이 솟아오른
그녀의 배, 일몰 속으로 침몰할 것 같은데
시베리아를 건너온 바람의 세기도
태평양에서 몰려온 파도의 기울기도
국경보다 국경수비대를 더 사랑한 그녀의 배를 넘지
못하네
그녀가 마시는 숨,
만월滿月의 바다를 진정시키네
그녀가 내쉬는 숨,
잔잔한 파도를 부풀리네
수평선을 둥글게 들었다 놓는 항로에 그라베, 그라베*
악상기호가 넘치네
내 최초의 항해
어머니 자궁 속을 헤엄치던 그 날처럼

수평선이 한 박자씩 파도 밖으로 밀려나 가네
바닷길을 가는 것은
배꼽에서 떨어질 순간의 공포를 이겨내는 것
궁륭의 막창 같은 길을 더듬어
또 하나의 자궁 속으로 배를 밀고 가는
지구가 배꼽이라고
파도가 해안을 순산하네
비명의 속도가 빠른 나에게
자루비누는 멀고
비명의 방향이 먼 그녀에게
자루비누가 가까운 건 너무나
당연한 일이라네

* 러시아 변방 어촌인 자루비누는 속초항과 연결하는 해상로가 개통되어 정
  기적으로 여객선이 취항하고 있다.

브란덴부르크 협주곡

너는 내게 가만히 있으라고 말하네
내용을 읽지도 않고 고개를 끄덕이는 첫 번째 독자처럼
그냥 있어도 아름다워,
턱선이 브란덴부르크 협주곡이라니까,
쉽게 읽을 수 없는 오선지에 리듬이 흘러드네
자꾸만 고개 숙이는 첫 만남
어색함은 왜, 비극적인 결말을 생각나게 할까,
협주곡은 친숙한 즐거움을 선사한다고 너는 떠드네
벼랑 끝에 다다른 즉흥적인 양처럼 나는 도망치네
브란덴부르크 제1악장을 타고
뛰어내리기를 마친 장면 속으로 달려가네
다양한 음색을 지닌 리듬 속 소녀들은 쉽게 말하지
명랑한 리듬, 명랑한 표정은 완벽한 연습에서 시작된
다고
스타일과 연주의 차이가 불러오는 리듬의 폭이 커
연습에 지친 소녀들은 모두 옛날로 가고
뚱뚱한 여자 홀로 남아 허공에의 질주를 시작하네
운명은 협주곡이 아니라고
시간의 뼈마디에 쓰다 남은 모든 악기가 동원되네

죽음은 보이지 않는 악기?
무대 위에 무대를 놓던 완강한 턱선이
늘어진 살덩이를 지니네
통주저음을 마음대로 연주하는 지휘자가 있다는 걸
알지 못하는 여자들이
개선문을 지나온 장군처럼 전리품을 버리네
전리품 속 들어 있는 네가 말하네
그냥 있어도 아름다워……
그냥 있어도? 그때 이미 죽었는데도?
브란덴브루크 백작에게 희로애락을 헌정하는
바흐는 보이지 않네

* 브란덴부르크 협주곡이 삽입된 영화

아코디언

계단 끝에 이르면 날아가는 것들이 있다 계단이 만든 건 아니지만 집요함에 이끌린 날개가 있다 유리창을 짝 사랑하는 새들이 날아간다

쿵짜작 쿵짝, 멀리 떠나는 계단

계단 끝에 이르면 지휘하기 어려운 허공이 있다 계단이 그린 건 아니지만 만져지지 않는 악보가 있다 음표를 끌고 가던 리듬이 사라진다

쿵짜작 쿵짝, 한없이 길어지는 계단

계단 끝에 이르면 먼지를 터는 사람이 있다 계단이 강요한 건 아니지만 사람을 미는 먼지가 있다 충계와 계층 사이를 넘나들던 그림자가 추락한다

쿵짜작 쿵짝, 벽을 울리는 계단

당신과 나 사이에도 계단은 있다 계단이 놓은 건 아니

지만 왼 종일 오르내리는 계단이 있다 옛날에, 옛날에 불렀던 휘파람 소리처럼, 옛날에, 옛날에 추었던 탱고 리듬처럼,

쿵짜작 쿵짝, 다시 시작되는 계단

물청소를 마친 계단이 빛난다 처음부터 거기 있었다는 듯

쿵짜작 쿵짝,

Mountain of Dragons*

나, 드레곤을 본 적 없지만, 드레곤이 산다는 산 이름도
알지 못하지만 팀파니 치는 저 사내, 손가락 리듬 따라

Mountain of Dragons*, 용들의 산에 오르려고 하네

하늘을 휘젓는 저 사내 손가락에 업혀 나, 장갑차처럼
트랙터처럼 산의 혀를 깨물래 마법사처럼 목도리도마뱀
의 목도리처럼 산을 뒤 덮을래

더도 말고 덜도 말고 15분 30초 동안만 야생 양귀비꽃
으로 산 정수리에 피어있을래

플루트, 바순. 오보에, 피콜로, 클라리넷, 종달새처럼
지저귀는데, 튜바, 호른, 트롬본, 트럼펫, 뼈마디를 울려
그 소리를 퉁겨내는데

저 사내, 옥타브 없는 소리만 질러대고 있어 소리의
뼈만 맞추고 있어 소리의 입술에 입술만 맞추고 있어

키스, 키스, 키스, 도대체 키스만 하려나 봐!

그런데 저, 사내 손가락이 바람의 머리칼을 잡아당겼어 구름의 옷자락을 벗겼어 폭탄 같은 빗방울이 터지기 시작했어 천둥벌거숭이들이 천둥, 천둥 죽음을 연주하기 시작했어

음파, 음파, 푸른 물결이 내 몸의 기슭을 핥기 시작했어 내 몸의 뼈마디들이 달그락대며 피리소리를 내기 시작 했어 피리구멍마다 은하수가 흘러넘쳤어

어둠의 공명통인 몸속에서 별이 빛나기 시작했어 오색찬란한 별들이 검처럼 쟁강거렸어 불꽃을 튕겼어 눈깔사탕 같은 별의 별, 눈의 눈들이, 한 마리, 두 마리, 세 마리...........

내 손과 발을 묶었어 나, 용자리에 묶였어 역린처럼 내 몸이 뒤집혔어 나, 용의 암컷이 되려나 봐 나, 이제 죽었어,

* Mountain of Dragons, : steven, reineke (영국)이 작곡한 관현악곡

낙엽들

한 해의 가장 적막한 나무를 접사한다 추락하는 모든 것들의 문장을 빌어 안부를 전송하는 가지들, 휑하니 허공을 줌업 시킨다

지난 계절은 나에게 너무 많은 낙엽을 요구했다

가장 용감한 낙엽은 여전히 비겁하고/ 가장 천박한 낙엽은 여전히 거룩했다 /가장 잔인한 낙엽은 지극히 자비롭고 /가장 적대적인 낙엽은 퍽이나 온건했다*

내가 놓친 낙엽은 밤이 되어도 돌아올 줄 모르는데 외딴 마을에 도착한 불빛은 어떤 낙엽이 빚어낸 언어일까

한 잎 낙엽이여, 결구 없는 詩여, 네 눈썹에 봄빛이 돋을 때까지 나도, 한 그루 겨울 나무로 있겠다

* 쉼보르스카의 「단어를 찾아서」 중에서 패러디함.

4 부

음주론

내 입술이 술잔이라면
가나안 혼인 잔치에 쓰인 포도주를 담고 싶다

세상의 어떤 술보다 맛이 진하고
붉고 향기롭다는 그것이
내 입술을 존재케 하는 이유라면
유일한 목적이라면

혀끝에 불을 켜고 혀끝의 말을 깨우는
그 포도주를 머금고 싶다

내 입술이 포도주를 탐하여 술 창고에 들어설 때
어두운 방에 불을 켜듯 죄가 환해지고
심심한 맛에 간을 치듯 말이 독해지나

등잔 기름이 마르지 않고
부뚜막 소금이 맛을 잃지 않는 것처럼
물로 포도주를 만든 그의 미각을
나의 첫 잔과 마지막 잔에 채우고 싶다

내 입술이 여전히 술잔이라면
동이마다 포도주가 넘치는
그날의 혼인 예식을 다시 치르고 싶다

웃고 떠들며 마시는 동안 아무도 울지 않겠지만
죽을 만큼 취한 세상의 살과 피에게
포도주가 물이 되는 기적을 베풀고 싶다

현관문을 여는 두 개의 방식

쇠 자물쇠와 도어 록,
여는 순서가 틀리면 잠겨버리는 두 개의 자물쇠가 있다

미로와 활로 사이 간절히 기다려 온 손이 있음에도
아날로그와 디지털이 혼재해 있는 열쇠는
자물쇠를 쉽게 내주지 않는다

어떤 날은 숫자가 자물쇠를 내어주지 않는다
감성과 감각이 엇갈린 숫자는
기억나지 않는 첫사랑처럼 거리를 헤맨다

열쇠가 되기 위해 살아온 고집 때문일까
부르짖고 갈마된 마음이 노크할수록
열쇠가 되고 싶어진다

누군가 몸을 만지면 겁이 덜컥, 난다는
집의 안부를 묻고 싶어진다
문 안쪽이 궁금해질수록 열쇠를 어머니로
바꾸고 싶어진다

세상의 어머니들은 얼마나 쉽게
현관문을 여는가,

잊히지 않는, 잊고 싶지 않은 열쇠, 아무렇지 않게
쇠가 되고 숫자가 되기도 하는

양의 귀환

나, 대관령에 갔었네
천국의 어린양 같은 얼굴을 하고
하늘 아래 첫 동네, 대관령에 갔었네
양떼목장의 건초 더미는 알맞게 마르고
향긋한 냄새를 풍겼네
하느님이 벗어놓은 초록 모자는
산등성이에서 빛나고
양떼구름은
뒹굴기에 더없이 부드러운 풀밭으로
아흔아홉 마리 양을 몰고 오네
발왕산 능선 위, 울음 걸쳐 놓은
한 마리 양은 어디로 갔나,
이 평화로움에 온전히 물든
나에게 묻네
길 잃은 양 한 마리 어디로 갔니?

떨기나무의 노래

불쏘시개로나 쓰일까
불이 붙어도 타지 않는 떨기나무
떨기나무는 베어지기를 몹시 기다리지만
벌목伐木하지 못한 문장은
베어지는 대신 활활 타오른다
타오르면서도
소멸되지 않는 신앙의 자세로
가시투성이 바닥을 헤쳐 나간다
불붙지 않는 가시덤불에
꽃도 열매도 맺지 않는 관목의 등에
집중한다
상상은
쥐고 있던 새를 날려 보낸다
타닥타닥 타오르는 떨기 속에서
잿더미 되지 않는 지저귐이 들려온다
오후 3시의 일이었지만
떨기나무가 베어지기 전
새가 돌아왔다

이순耳順

풍열과 술 마시고 담화가 치밀어도
뼈 없는 귓속이 고요하다
물소리, 바람소리, 치솟던 소리의
종맥宗脈이 부드러워졌다
이렇듯, 창 밖 풍경을 듣는 귀의 자세가
순해졌다

밀림으로 가는 눈은 어두웠지만
벌레 소리가 선명해졌다
밤마다 귀뚜라미 소리를 퍼냈다
달이 뜬 것처럼
소리의 모양이 둥글어졌다

어느덧 나는,
땅의 숨소리만 엿듣는 고집불통의 귀를
지니게 되었다

천태산 은행나무를 읽는 법

푸르거나 희거나
나무의 그늘은 제 몸이 나무라는 것을 보여줍니다

참한 참나무는 불쏘시개가 되고
속이 헛헛한 헛개나무는 제 몸에 인두로 문장을 새기지만
죽음의 상처에서 돋아난 이파리들이 하나같이
싱싱한 봄을 지니는 것은
초록 불을 지펴 그늘을 밝히기 때문입니다

오, 길 잃은 자여, 그대의 가문이 숲이라면,
수많은 그늘에 대하여, 흔들림에 대하여, 흔들려보지 않은
나무가 없다는 것을 알 것입니다

이마를 수그려 벌레가 먹고 살이 썩은 나무
있는 그대로의 나무를 보십시오

남는 시간은 밑둥치가 잘린 나무, 당신이 벤
당신을 읽으십시오

* 개작改作 시

날개등본

금강하구 둑 아래 내려앉은 나그네새들을 본다

바람의 리듬에 맞춰 미친 듯 헤드뱅어 하는 검은 물총딱새, 바람보다 먼저 우는 알락꼬리도요새, 바람의 손을 잡고 블루스 추는 제비갈매기, 지리멸렬한 바람과 씨름하는 흰배멧새,

다가가 보니 새들은 보이지 않고 흰 깃털만 바람에 흔들린다 이카루스의 날개에서 뽑혀 나온 깃털들일까

진흙에 발목 묶인 그것들 강물이 발목에 차오를 때면 몸을 비비며, 휘청거리며, 서로 끌어안으며 사라진 날개를 부르고 있다

아들아, 나는 네가 적당한 높이를 유지하기를 부탁한다, 세상 모든 아버지의 바람을 싣고 날아가던 이카로스의 날개

파도에 휩쓸려간 그 오래된 계보가 철새의 문장을 새

기는지 하늘의 괄약근을 조이는 6만 평의 울음

신성리 갈대밭이 일제히 나부끼기 시작한다

기와이기
— 김홍도, 종이에 옅은 채색, 27.0×22.7㎝

한옥韓屋이 한옥다운 몸을 지니려면
기와지붕이 제격이다
한국 사람의 머리통이 검은 색이듯
검게 그을린 고령기와가 그 중 으뜸이다
대가야의 햇빛과 그늘을 한 몸에 들인
고령기와, 솔잎 연기로 구운 훈와燻瓦의 몸에서는
청정한 소나무 향기가 난다
향기를 얹은 처마는 가볍게 고개 들고
지붕에 내려앉은 새들은 날아갈 듯 숨 쉰다
장정 열 명이 올라서도 깨지지 않는다는 기왓장에는
청양 암각화에서 본 기와집이 여러 채 세워져 있다
물과 불 속에 전생全生을 내려놓은
흙이기 때문일까
한 덩어리 흙에서 태어나 한 덩어리 흙으로 돌아가는
생의 등요登窯에서 잘 구워진 사람을 본다
천도가 넘는 불가마 앞에 앉아
온몸을 굽고 있는 김은동 제와製瓦장인,
'감정은 기교가 아니라 진실에서 나온다'*고
그림 속에서 그림 밖으로 기왓장 얹고 있다

여름 햇빛에 갈라지지 않는
겨울 추위에 동파되지 않는 그의 도정道程이
지붕 위의 꽃을 피워내는 신비를,
구곡리 전통기와박물관에서 읽는다

* 고령기와 김은동 회장의 어록 중에서

방산 사기장 심룡方山 砂器匠 沈龍

두타연 맑은 물가를 날아다니는 잠자리 날개다 허공에
빗방울 뿌리는 구름의 팔목이다 맨 발로 흙덩어리를 짓
이기는 수련의 다리다

꿈속의 잠, 잠 속의 꿈을 돌리는 곤충의 촉각이다 애
벌 잠 완성하는 우화의 틀이다

허공에 유약 바르는 봄햇살이다 꽃과 나비를 불러 모
으는 들판의 문장이다 천둥과 번갯불 새기는 일획의 붓
대다

백토에서 태어난 이름. 용의 문양을 닮은 혼백의 날개
로 다시 돌아온 그는 바람과 흙과 불의 길을 다스려 온
방산方山 수호신이다

초벌구이 생각은 아낌없이 부숴버리는 두 손의 충신이
다 얼음을 불 수레에 묶는 두 손의 공신이다

뿌리를 위하여

모데미풀꽃 한 송이,
불로동 15번지 뒷골목에 피어 있다
한때 유배지이자 유곽이었던 줄기는
꽃도 열매도 매달지 않는데
낯선 토양으로 이식되어
모국어도 조국도 잃어버린 그녀,
몸 속 주소를 더듬어 토막난 뿌리를 내보인다
가느다란 목덜미 위에 피어난
얼굴은 모데미 마을의 흙빛,
시드는 햇살 속 저를 낳은 어미의 젖을 찾는
입술이 붉게 탄다
자궁에 핀 돌꽃이 굳어지기 전
꼭 한 번 보고 싶다고,
아마그린* 한 움큼 털어놓는 혓바닥 위에
새순처럼 돋아난 이름 석 자
어머니, (세상을 보게 해 준 당신을 사랑해요)
관다발 식물의 생장점 없는 기억이
한 발 두 발
어두워가는 골목길에 뻗어나간다

* 항암제

천사

천사, 방금 도착했음, 액정 속으로 작은 별 하나 뜬다
손가락 터치 하나로 다가온 초신성,
주머니 속에 든 조약돌처럼 발딱거리는 작은 심장과
물컹거리는 뇌를 움직여
엄마 뱃속이 우주였다는 걸 말하려 한다
세상에, 다른 세상은 없어요,
다른 세상이 있다는 걸 믿지 못하는 어른들에게
겨드랑이에 달린 울음과 웃음, 두 날개로
지나온 빛의 궤도를 말하려 한다
신생아실 앞을
드려다 보고 있는 할머니도 한때는
신의 젖줄을 물고 있던 천사
온몸을 달구며 우는 천사를 향해
할머니가 속삭인다
울지 말아라, 아가야, 너도 곧 인간이 된단다
돌아갈 수 없는 우주가 그리운지
천사가 운다
두 눈에 품은 별빛이 그렇하다

상냥한 시론詩論

바람이 다리를 달아주었어요, 골목을 돌아나가는 검정 비닐을 보며 두 다리를 종종거리는 준아, 너는 세상에서 가장 빠른 속도를 보여주는구나

아가별이 울고 있어요, 엄마별은 어디 있을까요, 빌딩 사이 뜬 개밥바라기를 보며 두 눈을 글썽이는 준아, 너는 세상에서 가장 무서운 밤하늘을 보여주는구나

늑대가 나타났어요, 도와 주세요, 불쑥불쑥 어둠을 내려놓는 동물 병원 앞에서 손나팔을 만들어 부는 준아, 너는 짐승처럼 살아있는 어둠을 보여 주는구나

엄마는 계단끝에서 나타나는 거에요, 자, 보세요, 오지 않는 엄마를 기다리며 전철역 계단을 오르는 준아, 너는 세상에서 가장 긴 계단을 보여주는구나

다섯 살배기 네 말들이 내가 읽은 올해의 가장 좋은 시구나

샤론의 장미처럼
— 사부인 영전에

당신은 집이었습니다
기도로 주춧돌을 놓고 말씀으로 울타리를 세운
견고한 집이었습니다
당신이 있어 우리는 안온했습니다
비바람이 몰아쳐도 흔들리지 않았습니다
당신이 있었기에 현관 앞에 가지런히 놓여 있는 신발들처럼
우리는 행복할 수 있었습니다
당신이 있어 우리는 길을 갈 수 있었습니다
당신에게 돌아올 수 있어 가까운 길도
먼 길도 아무 염려 없이 걸어갈 수 있었습니다
이제 당신이 떠나가시니
마음은 찢어진 창호지,
눈은 빗물로 얼룩진 유리창
탄식의 흐느낌이 허물어진 집을 적십니다
요단강 너머로 당신을 보내고 싶지 않았습니다
정말이지, 당신을 오래 붙들고 싶었습니다
하지만 그분께서
아골 골짜기의 백합처럼 향기로운 당신을 사랑하셨기에

이렇게 일찍 부르셨나 봅니다
지친 당신을, 낡아서 덜컹거리는 육신을,
이제 그만 쉬게 하시려나 봅니다
우리보다 먼저 부르신 까닭이 거기 있으니
감사하며 당신을 보냅니다
당신처럼 우리도 누군가의 따뜻한 집이 되겠습니다
당신처럼 사랑의 빚, 사랑의 빛을 나눠 주는
집이 되겠습니다
하늘 정원에서 샤론의 장미처럼 피어나소서

오월의 향기
— 효돈초 25회 동창 졸업 48주년 사은의 밤 헌시

월라봉도 예촌망도 예전과 변함없이 짙푸른데
친구야, 네 이름을 부르면 네가 아닌 다른 얼굴이 대
답하는 구나
우리들이 멱 감고 놀던 쇠소깍이 관광지가 된 것처럼
친구야, 너를 만나니 너라는 명소名所가 나를 반기는구나
꽃비 날리던 거리의 벗나무도 과수원의 귤나무도 종아
리가 굵어져
흔들리지 않는 어른이 되었는데
서리 내린 머리칼이며 주름 깊은 이마는 어릴 적 보았던
네 아버지, 네 어머니구나
이렇게 닮은 모습을 지니기까지 48년이라는
먼 세월을 돌아왔구나
그때 그 운동장은 왜 그리 넓었던지, 교정의 나무는
왜 그리 키가 컸는지
잡초처럼 돋아난 우리들을 운동장으로 이끄셨던
선생님은 자상한 아버지였고 멋진 삼촌이었지
고무줄을 끊고 달아난 개구쟁이 세월은 동강난 시간을
이어주지 않지만
우리는 모두 기억하지

팽팽하게 당겨졌던 그 날의 맑은 눈빛과 푸르렀던 날
들을
우리는 아마 전국에서 제일 달달하다는 효돈 감귤,
우리를 키워준 마을의 귤처럼 익어 갔을거야
노랗게 익기 위해 푸른빛을 무수히 버리면서 낙과 같
던 절망과
적과의 손길을 기다리던 귤꽃처럼 어떤 때는 희망까지
버리면서
속이 꽉 찬 알맹이로 영글었을거야
어떤 지우개로도 지울 수 없는 우리는 효돈초등학교
25회 동창,
이른 새벽 싸하게 밀려오는 귤꽃 향기처럼 우리는 이
미 서로의 슬픔을
등에 지고 가던 친구였구나
친구야, 종달새처럼 노래하던 때가 있었음을 잊지 말자
저기, 선생님이 너를 부르니
까까머리 네가, 갈래머리 네가 달려오는구나
개구쟁이는 개구쟁이답게 새침 떼기는 새침 떼기 답게
그때 그 운동장을 가로지르며 달려 오는구나

샨티Shantih*

주여, 이 문장에 평화를 주소서

바구니를 든 손은 가난하고 얼굴은 시들었으나 풍성한
열매를 따고 가는 가을의 얼굴처럼 기쁨에 들뜬 언어를
주소서

고단한 햇빛과 바람의 가시를 몸에 들였으나 폭풍우를
견뎌낸 심장은 튼튼하니 한 톨 한 톨 밤을 떨구는 우주
를 받들게 하소서

순간, 순간, 헤어지는 땅의 시간을 감당했으니 홀로
서 있는 밤나무의 슬픔을 이해하게 하시고 먹을 것을 얻
은 다람쥐처럼 그 밤의 깊이에 다다르게 하소서

갈가마귀 소리가 노래의 도구渡口임을 필생筆生의 울음
이 필생의 노래임을 루비콘 강을 건너는 입술에도 노래
가 필요하다는 것을,

그리하여, 물결을 저어가는 구음口吟이 내 과업임을 알

게 하소서

　나의 노동이 하늘과 맞닿은 지평선을 지날 때 동트는
새벽과 아침 안개를 넣지 못한 짐 꾸러미에 마가목 열매
같은 별빛 하나 내걸게 하여 주소서

　그 빛으로 이 문장을 맺게 하소서

* 우파니샤드의 형식적인 결어(結語)로서 이해를 초월한 평화라는 뜻

'이상한 연못'의 언어와 중층적 상상력

홍 용 희(문학평론가)

　강영은의 시 세계는 다소 낯설다. 다소 낯설다는 것은 파격적인 새로움은 아니지만, 그러나 관습적인 사고와 상상을 거부한다는 것이다. 실제로 그의 시편들은 낯 익은 형태론 속에서 전개되지만 잠시도 예사롭지 않다. 그의 창작 방법론은 기본적으로 '재현되는 이미지'가 아니라 '그려지는 이미지'를 지향한다. '재현되는 이미지'는 최대한 드러난 원본에 가까워지려하지만 '그려지는 이미지'는 자신의 심미적 주관성에 의한 투사를 지향한다. 이것은 편의적으로 거울에 반사된 풍경과 호수에 반사된 풍경에 견주어 변별해 볼 수 있을 것이다. 거울은 정태적이지만 호수는 역동적이다. 그래서 거울은 있는 그대로의 재현에 충실하지만 호수는 물결의 변화에 따라 그려지는 다층적인 새로움에 충실한다.
　마침 강영은은 자신의 시 창작방법론이기도 한 "연못"

의 미의식을 직접 전언하고 있어 주목된다.

　잉어 꼬리와 뱀의 네 발을 가진 흰 용이 지상으로 내려
왔네 뱀의 형상을 버린 몸뚱어리는 잉어가 되어 차가운 연
못을 제 세상으로 삼았네 비단 같은 비늘이 반짝일 때마다
진흙에 뿌리내린 물꽃이 버짐처럼 번졌네 버드나무는 낭
창낭창, 아첨거리는 속성으로 연못을 휘감았네 연못 속 풍
경이 휘어질대로 휘어진 파장에 매혹되었네

　미풍이 물결을 휘젓는 날이면 크고 아름다운 누각 아래
잉어 떼가 몰려들었네 "당신은 잉어 꼬리를 잡수어요, 저
는 원숭이의 입술을 먹을게요."* 뾰족한 입술들이 누각의
그림자를 나눠 먹었네

　"오늘은 창포꽃 피는 좋은 날이지만, 다음 날이면 단풍
들어 시들고 만다오" 예언자의 입술이 연못 주위를 떠돌았
지만 안개에 둘러싸인 연못 속에는 잉어의 꼬리들이 파닥
였네 파문을 싸고도는 은밀한 놀이, 수건돌리기 놀이가 성
행했네

- 「이상한 연못」 부분

　연못 속 풍경이다. 연못 속의 풍경은 지상과 같으면서
도 다르다. 연못은 중력과 부력이 중층적으로 동시에 작
용한다. 그래서 더 자유롭고 더 평화롭고 더 "이상"하다.
천상에서 내려온 "용"이 "연못" 속에 들어가면 "잉어"의

형상으로 반사된다. "연못"속에는 "버드나무"가 지상보다 훨씬 더 낙차 큰 각도로 "낭창낭창" "휘어질 대로 휘어진 파장"으로 출렁거리기도 한다.

"미풍이 물결을 휘젓는 날이면" 연못은 마법에 걸린다. "잉어 떼"들이 "당신은 잉어 꼬리를 잡수어요. 저는 원숭이의 입술을 먹을게요."라고 속삭이기도 한다. "오늘은 창포꽃 피는 좋은 날이지만, 다음 날이면 단풍 들어 시들고 만다오"라는 예언이 메아리처럼 울려퍼지기도 한다. 그야말로 다채롭고 어지러운 요지경瑤池鏡이다. 여기에는 인과론적인 개연성이나 문법 체계의 결속력이 이완되어 있다. 연못 속은 중력의 질서가 제대로 작동되지 않기 때문이다. 그래서 마치 물 위에 떠도는 그림자나 잎사귀처럼 단어들이 부유하기도 한다.

다음 시편 역시 부력의 원리에 따라 '그려지는 이미지'의 양상을 보인다. 부력은 자기의지의 규정력을 벗어난다. 그래서 시적 전개가 자동기술적 속성을 지닌다.

길고 좁다란 땅을 가진 옆집에서 길고 좁다란 닭 울음소리가 건너옵니다 길고 좁다란 돌담이 젖습니다 길고 좁다란 돌담을 꽃피우고 싶어졌습니다 길고 좁다란 돌담 속에서 길고 좁다란 뱀을 꺼냈습니다 길고 좁다란 목에게 길고 좁다란 뱀을 먹였습니다 길고 좁다란 목을 가진 닭 울음소리가 그쳤습니다 비 오는 북쪽이 닭 울음소리를 훔쳤겠지요 길고 좁다란 형용사만 그대 곁에 남았겠지요

비 개어 청보라빛 산수국 한 그루 피었습니다 그대에게
나는 산수국 피는 남쪽이고 싶었습니다

– 「산수국 통신」 전문

"산수국 통신"의 현장이 그려지고 있다. 시적 주어가 "길고 좁다란 형용사"형 서술어이다. 주어와 서술어, 능동과 수동, 주체와 객체가 전도되어 있다. "길고 좁다란" "돌담"과 집이 있는 공간에 닭과 뱀이 출현하여 봄날의 생동감을 배가시키는 장면이다. "비"가 오면서 "닭울음소리"도 그친다. 시적 화자에게 봄은 이렇게 무중력의 들뜬 전복과 도치의 혼돈이며 활력으로 느껴지는 것이다. "북쪽"에서 "비"가 오고 "남쪽"에서 "산수유"가 핀다. 겨울과 봄이 서로 교차하는 장면이다. "산수유"는 겨울을 파열시켜 "갈고 좁다란" 길을 만들면서 오는 봄의 전령사라는 것이다. 그래서 봄은 "길고 좁다란" 형상으로 표상된다.

강영은의 시 세계에서 이러한 주술관계의 도치, 품사의 의도적 오용 등은 지속적으로 빈번하게 드러난다. 시적 전개 과정에서 중력과 더불어 부력이 중층적으로 작동하기 때문이다.

① 내가 우는 건 슬퍼서 우는 것이 아니다 우니까 슬픈 것
이다// 울음인지 노래인지 분별 못 하는 허공의 따귀를

올려붙여 노래의 표정을 다시 만든다

－「싱잉 볼singing bowl」 부분

② 물결소리를 담은 귀가 항구를 낳네 물결에 몰입해온 바
다가 낯을 바꾸네

－「몰입의 기술」 부분

③ 바람과 햇살이 들락거리며 동아줄이 지닌 감옥을 비워
내리라

－「그물과 종달새」 부분

④ 아이를 놓쳐버린 풍선이 허공으로 빨려든다

－「가벼운 지구」 부분

강연은의 시집 도처에서 무작위로 뽑아낸 구절들이다.
①은 시적 주체의 전도이다. "슬퍼서 우는" 것이 아니라
"우니까 슬픈 것이다". 즉 울음의 형식이 울음의 내용을
생성시킨다. 이점은 "노래의 표정"에서도 동일하다. "표
정"을 만드는 주체가 내가 아니라 "허공"이다. 주체와 객
체의 전도를 통해 반대의 각도에서 대상의 재발견과 인
식을 조망하고 있는 것이다. ② 역시 "물결 소리"와 "귀"
를 도치시켜 바다에 대한 새로운 인식의 확장을 열어가
고 있다. 이 점은 ③④역시 마찬가지이다. "바람과 햇살"
과 "풍선"이 주체가 되면서 "동아줄" 감옥과 "아이"를 조
망하는 새로운 입지를 마련하고 있다. 이것은 상투적 사

고의 전복을 통한 대상의 재발견과 인식을 도모하고 있는 것으로 파악된다.

　그러나 그의 시적 대상에 대한 조망의 각도가 이와 같이 전도와 전복의 방법론에 그치는 것만은 아니다. 그의 "거울의 방향"은 다양하고 비선형적인 각도로 굴절되기도 한다.

　　웃는 입장을 버린 건 아니지만 얼굴을 더듬으면 직박구리가 날아간 하늘과 직박구리를 날려 보낸 저수지가 있다

　　안색이 변하는 건 아니지만 얼굴을 뒤집으면 물속에 거꾸로 선 나무와 그 나무를 받치고 있는 저수지가 있다

　　말을 하는 건 아니지만 오목하고 볼록한 얼굴을 맞바꾸면 태양의 불과 달의 물을 보여주는 저수지가 있다

　　구리와 돌로 네 얼굴을 만들어 줄까, 깊고 우묵한 동굴을 파줄까, 견본을 보여주면 종교 앞에 선 것처럼 조금 불행한 얼굴

　　　　　　　　　　　　　　　　　　－「거울의 방향」부분

　"거울의 방향"을 극단화하면 보이는 현상뿐만이 아니라 보이지 않는 심연의 세계까지 반사된다. "거울의 방향"에 따라 "얼굴"에서 "직박구리가 날아간 하늘과 직박구리를 날려 보낸 저수지"가 비치기도 한다. "안색을 변

화"시키지 않고도 "얼굴을 뒤집"어 "물속에 거꾸로 선 나무와 그 나무를 받치고 있는 저수지"를 찾을 수 있다. 또한 "태양의 불과 달의 물"을 얼굴에서 탐사해내기도 한다. "얼굴"의 존재성은 물론이고 "얼굴"이 내면화하고 있는 기억의 세계까지 규명하고 있다. "거울"이 표면적, 의식적 현상뿐만이 아니라 심층적, 무의식적 내면까지 투사하고 있는 것이다.

그래서 강영은의 시 세계는 수시로 무의식의 흐름에 따른 자동기술의 양상으로 전개되기도 한다.

담뱃재 가득 담긴 접시를 들고 무심코 방안으로 들어서다 문득 물에 젖는 마음, 무심無心의 골수骨髓에는 팔뚝만한 잉어가 살아 비늘이 저절로 햇살 밖으로 튀네

무심한 해바라기는 수년째 피지 않고 검은 씨 떠다니는 동공은 수심이 깊어 급히 걸어가는 사람들 등이 무덤 언덕이네

바람꽃 피는 거기가 피안彼岸인가, 물어봐도 태풍의 눈은 기별이 없네

한 곳에 갇혀 살기 원했으나 온다는 사람은 오지 않고 지붕 수리하는 일과 담 허무는 일과 방법이 기록된 문서에 대해서는 더욱 모르니 비문鼻紋에 갇힌 눈썹만 이마에 차네

까마귀 울음소리 벼랑을 긋고 간 뒤 수초처럼 일렁이는
별빛은 멀고 지샌달 뜬 하늘엔 작은 벼랑조차 보이지 않네

우물 안 개구리에게 바다 이야기를 할 수 있는가, 문지
방을 넘지 못한 네가 울면 내가 울고, 네 눈이 울고 난 뒤
첫사랑에 도달한 처녀처럼 문 밖을 나서네

각막 뚜껑을 여니 가을이어서 어항을 품은 허공이 추수
秋水네
　　　　　　　　　　　　　　　　　－「라섹」전문

눈동자에 밀착된 "라섹"이 투시하는 눈동자 너머의 무
의식적 흐름이 개진되고 있다. 무의식은 이성적 질서나
개연성에 따라 전개되지 않는다. "문득" "마음"이 "물에"
젖는 순간 "팔뚝만한 잉어가 살아 비늘이 저절로 햇살
밖으로 튀"는 순간을 맞이한다. "마음"과 "잉어"의 의미
론적 계열체의 연속성이 부재한다. "동공"이 "걸어가는
사람들 등"을 반사하다가 "태풍의 눈"으로 변주되었다가
다시 "비문鼻紋"을 바라본다. 시적 정조의 급격한 전환을
이룬 5연과 6연의 정서적 기조는 "동공"이 감지하는 감
응의 대목으로 해석된다. "라섹"이 안과 밖, 의식과 무의
식, 기능과 감성을 동시적으로 감득하고 감각화하고 있
는 것이다.
　　이천년대 초반 우리 시단을 뒤흔들고 스쳐간 '미래파'
의 소통부재의 충동적 파격을 다시 보는 듯하다. 다만,

'미래파' 시인들이 환상적이고 엽기적인 제3인류형의 언어를 게릴라처럼 밀고 나간 것에 비해, 좀 더 온건하고 가지런한 성향을 보인다. 이것은 시 창작의 입지가 부정의 상상력에 기반 한 도발적, 전복적, 공격적인 추의 미학이 아니라 비동일성의 동일성의 억압을 드러내면서 타자들의 차이성을 포용하고자 하는 방법론을 지향하기 때문인 것으로 보인다.

누구에게나 아프리카는 아프리카가 아니겠지만 아프리카에서 온 사람처럼 어깨를 기대고 싶어 했다 그러는 너는 어깨를 기대었다 너는 언제나 같은 얼굴이었고 따뜻한 벽을 그리워했지만 장작불이 타는 거실은 벽이 되지 못했다 너는 타다 남은 얼굴로 거실을 지나갔다

누구에게나 파프리카는 파프리카가 아니겠지만 파프리카를 고르는 사람처럼 시선을 내려놓고 싶어 했다 그러는 너는 시선을 내려놓았다 너는 언제나 같은 내면이었고 가벼운 포옹을 그리워했지만 한 봉지에 들어 있어도 색깔이 달랐다 빨강, 노랑, 초록, 표정이 다른 너는 비닐봉지 속으로 돌아갔다

아프리카에서 온 파프리카처럼, 타다 만 침묵이 식탁 둘레에 앉아 있다 침묵은 보호받는 것을 원치 않는다

— 「타인들」 전문

"아프리카"는 사람들마다 서로 다르게 존재한다. 그래서 "아프리카는 아프리카"이면서 "아프리카"가 아니다. 그러나 이런 사실보다 정작 중요한 것은 "따뜻한 벽을 그리워"하지만 그 벽은 어디에도 없다는 것이다. 2연 역시 1연과 유사하게 읽힌다. "파프리카"는 사람마다 서로 다르게 다가오지만 "포옹을 그리워"한다는 점은 동일하다. 비동일성의 동일성을 지적하고 있다. 그러나 비동일성의 동일성은 자칫 차이의 부정으로 이어질 수 있다. 그래서 다시 "한 봉지에 있어도 색깔이 달랐다 빨강, 노랑, 초록, 표정이 다른 너는 비닐봉지 속으로 돌아갔다"고 기술한다.

이렇게 보면, 이 시편은 "타인들"의 동질성과 섬세한 차이의 층위를 동시에 그려 보이고 있는 것으로 해석된다. 이것은 또한 앞에서 지적한 "이상한 연못"(「이상한 연못」)의 감각과 직접 연관되는 것으로 보인다. 이를 좀 더 체계적으로 정리하며, 강영은은 물결에 따라 새롭게 재편되고 변주하는 질서, 중력과 부력이 동시에 작용하는 중층적 질서를 사는 "이상한 연못"의 언어를 통해 존재의 안과 밖, 지속과 변화, 의식과 무의식을 입체적으로 그리고자 하는 것이다. 그는 이러한 자기만의 개성적인 창작 방법론에 대해 스스로 "상냥한 시론"이라고 지칭한다.

바람이 다리를 달아주었어요, 골목을 돌아나가는 검정비

닐을 보며 두 다리를 종종거리는 준아, 너는 세상에서 가장
빠른 속도를 보여주는구나

아가별이 울고 있어요, 엄마별은 어디 있을까요, 빌딩
사이 뜬 개밥바라기를 보며 두 눈을 글썽이는 준아, 너는
세상에서 가장 무서운 밤하늘을 보여주는구나

늑대가 나타났어요, 도와 주세요, 불쑥불쑥 어둠을 내려
놓는 동물 병원 앞에서 손나팔을 만들어 부는 준아, 너는
짐승처럼 살아있는 어둠을 보여 주는구나
                                    ─「상냥한 시론詩論」 부분

"다섯 살배기" "준"이의 말이 "올해의 가장 좋은 시"라
고 역설하고 있다. 어린 아이의 순수한 마음과 눈빛과
말이 시의 출발이며 지향점이라는 것이다. 아이는 "검정
비닐"이 바람에 날아가는 모습에서 "바람이 다리를 달아
주었"다고 생각한다. 그리고 하늘의 "별"을 보며 "엄마
별"이 없어서 슬퍼한다고 생각한다. 또한 "동물 병원 앞
에서" "늑대가 나타났다고" 외치기도 한다. 이러한 어린
아이의 말과 행동이 곧 시 창작의 준거가 되는 "시론"이
라는 인식이다. 이것은 또한 시란 패턴화 된 사고와 시
각에 갇히지 않아야 한다는 언명의 강조이기도 하다.
  여기에 이르면, 강영은의 "이상한 연못"의 감각과 언
어는 기성의 관습적이고 정태적인 사고에 대한 부정이
면서 동시에 어린아이의 천진하고 순진무구한 시각이

열어 놓는 "상냥한 시론"으로 정리된다. 어린이의 무한의 상상력으로 기성의 표준화된 상상의 벽을 돌파하고자 하는 것이다. 앞으로 그의 이러한 시적 고투가 일상의 진부함을 뛰어넘어 현실을 인식하는 싱그러운 희열과 해방감을 열어가길 바란다. 새로운 시적 방법론은 새로운 발견과 창조의 생명력을 개척해 나갈 때 완성형에 이르는 것이기 때문이다.